Renan Demirkan, geb. 1955 in Ankara, lebt seit ihrem siebten Lebensjahr in Deutschland. Seit 1980 arbeitet sie als Schauspielerin für Theater, Film und Fernsehen. Für ihre Arbeit erhielt sie u. a. den NRW Förderpreis für Theater, den Grimme-Preis, die Goldene Kamera, den Hessischen Darstellerpreis für Film und das Bundesverdienstkreuz.
Buchveröffentlichungen: »Schwarzer Tee mit drei Stück Zucker« (Roman), »Die Frau mit Bart« (Erzählung), »Es wird Diamanten regnen vom Himmel« (Roman), »Der Mond, der Kühlschrank und ich. Heimkinder erzählen« (Hrsg.). Weitere Informationen zu Renan Demirkan: www.renan-demirkan.de

Renan Demirkan
Über Liebe, Götter und Rasenmähn
Geschichten und Gedichte über die Liebe

Der Allitera Verlag ist ein Books on Demand-Verlag der
Buch & medi@ GmbH, München. Dieser Verlag publiziert
ausschließlich Books on Demand in Zusammenarbeit mit der Books
on Demand GmbH, Norderstedt, und dem Hamburger Buchgrossisten
Libri. Die Bücher werden elektronisch gespeichert und auf Bestellung
gedruckt, deshalb sind sie nie vergriffen. Allitera-Bücher sind über den
klassischen Buchhandel und Internet-Buchhandlungen
zu beziehen.

Weitere Informationen über den Verlag und sein Programm unter:
www.allitera.de

Bibliographische Information der Deutschen Bibliothek

Die Deutsche Bibliothek verzeichnet diese Publikation in der Deutschen
Nationalbibliographie; detaillierte bibliographische Daten sind im
Internet über <http://dnb.ddb.de> abrufbar.

Mai 2003
Allitera Verlag
Ein Books on Demand-Verlag der Buch & medi@ GmbH, München
© 2003 Renan Demirkan
Umschlaggestaltung: Kay Fretwurst, Spreeau
Fotos: Wolfgang Weimer, Köln
Herstellung: Books on Demand GmbH, Norderstedt
Printed in Germany · ISBN 3-86520-006-0

Inhalt

I. Maulbeerbaum

Prolog · 9
Wie buchstabiert man Liebe · 11
Das letzte Einhorn · 26
Ahmet · 34

II. Trauerweide

Nullpunkt aller Orte · 41
Joachim · 46
Rasenmähn · 53
Epilog · 62

III. Bolero

Wer bist du? · 69
Mein Problem · 71
Bolero · 74

Danke! · 80

für B.

… niemand ist hier, der Verständnis für mich im Ganzen hat. Einen haben, der dieses Verständnis hat, … das hieße Halt auf allen Seiten haben, Gott haben …

Franz Kafka, Tagebuch, 4. Mai 1915

I. Maulbeerbaum

Prolog

Manchmal, Liebster,
wenn ich an dich denke,
an das Echo
in deinem Namen,
schlägt die Sehnsucht Großalarm
und das Verlangen klingt wie ein Choral –
dann wirbelt gelbe Hitze in den Blick
und der Mut vergangener Jahre,
scheucht die Eulen aus meiner Brust,
und ich rutsche haltlos
aus dem Licht
U-Boot tief
In die Iris der Zeit:

Immer noch bürste ich den Sand
aus meinem Haar,
suche einen Schlafplatz für die Nacht,
und die Erinnerung
durchkämmt die Straßen von Agadir,
trinkt Tee im Basar von Marrakesch,
pflückt wilde Brombeeren
zwischen roten Felsen,
zündet Kerzen an
vor jedem Altar –

ich wollte dich nie für immer,
Liebster,
ich wollte dich immer nur für jetzt –
nichts dauert für ewig, dachte ich,
kein Tanz und kein Gefecht,
keine Flucht und kein Glaube,
keine Nacht und keine Scham –
aber dein Echo ist eingewachsen
wie ein Mal,
wie ein lichtloses Auge,
ein schlafloses Wort,
wie nie geboren,

weil ein bisschen tot,
wie ein Vermisster
ohne Grab,
ein Zwilling,
der keinen Atem braucht,
angenäht wie ein neues Organ,
das nun für immer bleibt,
für ewig und für jetzt –

vielleicht hat das Auge der Zeit
irgendwann einen Tag für uns,
da kein Wort mehr wehtut
und die Horizonte geöffnet sind,
wo neue Brombeerbüsche blühn,
und du und ich
auf weit grünen Hügeln stehn –
diesen Tag,
Liebster,
sehne ich herbei,
selbst wenn ich an jenem Tag
nicht mehr bin.

Wie buchstabiert man Liebe

Ich möchte von der Liebe erzählen, das heißt, ich will davon erzählen, was dieses ›Liebe‹ so alles mit uns macht.

L-I-E-B-E, nur eine Hand voll Buchstaben und gleichzeitig das größte Wort: Es heißt alles und auch gar nichts.
Es ist ein Wort wie eine Mehrzweckhalle, in der alle möglichen Veranstaltungen organisiert werden können.
Kennen Sie Mehrzweckhallen?
Diese steingewordenen Erbsünden der sechziger Jahre?
Ich kenne die von Leverkusen.
Da finden zum Beispiel die legendären Leverkusener Jazztage statt oder ganz alltägliche Kaffeekränzchen, der gebeutelte Fußballverein trifft sich dort zu einer Krisensitzung oder das Frauenhaus mit einer Benefizveranstaltung, um Geld für den Anbau zu sammeln.
Jeder macht die Halle für sich passend, baut seine Bühne, sucht Freunde, Helfer oder Verbündete.
Aber wenn nichts und niemand drinnen ist, nichts Greifbares, keine Stimme, kein Gesicht, und man hockt da allein mit seinem Echo, eingebunkert von rauem Spannbeton ohne ein Gegenüber, dann ist es ziemlich trostlos und Furcht erregend dort ...

L-I-E-B-E, Liebe, ich sage ein und dasselbe Wort zu meinem Kind und zu meinem Liebsten: Ich liebe dich, meine aber etwas grundverschieden anderes.
Ich liebe ...
Ich liebe auch meine Mutter, meinen Vater, ich liebe es, in der Sonne zu sein, ich liebe die italienische Küche, ich liebe Chanel Nr. 5!
Ich liebe ...

Im Türkischen, zum Beispiel, ist das anders als im Deutschen. Da gibt es zwei verschiedene Worte für die – wie Erich Fromm sie nennt – für die ›individuelle‹ Liebe und für die ›gesellschaftliche‹ Liebe. Das eine Wort heißt *Aschk* und das andere *Sevgi*.
Aber dazu später.

Die Wissenschaftler sagen, und die haben ja auch meistens Recht, also die sagen, je nachdem, wie viel Liebe ein Kind erfahren hat, wird es stark oder schwach, intelligent oder dumm, offen oder verschlossen, respektvoll oder hasserfüllt.
Und die Prognose für die Erwachsenen ist auch nicht viel besser, da heißt es: Erwachsene Menschen, die nicht geliebt werden, sterben früher!

Das macht einen doch richtig panisch und man denkt sich: Verdammt noch mal! Wo kriege ich jetzt bloß genug Liebe her, damit ich nicht zu früh krepiere!? Und, was ist überhaupt ›genug‹ Liebe, damit es reicht?
Egal, denk ich mir, genug ist nie genug, je mehr umso besser! Her mit dem Zeug, ich brauch es um jeden Preis!
Aber was ist der Preis? Was kostet dieses Zeug?

Was die Wissenschaftler da berichten, klingt zwar nach einer Art Handelsabkommen, als gäbe es da einen Transfer von Impression und Expression mit einer Abschlussbilanz, eine Art seelischer Kosten-Nutzen-Rechnung, aber sie schreiben nichts von einem Preis, auch nichts von einer Währung!

Und ich denke mir, vielleicht steckt da ja so eine Art Mystik-Mafia dahinter und irgendein Groß-Dealer vertickt seine Ware auf Aderlassbasis!
Doch! Das muss eine Art Ablasshandel sein, und zwar eine auf Leben und Tod.
Ja wirklich! Denn irgendwie enden die Geschichten um dieses Zeug ›Liebe‹ doch immer in der Leichenhalle.

Eigentlich ist die gesamte Literatur ein einziges riesiges Archiv von Liebesleichen: Romeo, Julia, Othello, Hamlet, der Kostja in der Möwe, das Gretchen im »Faust«:

> Meine Ruh ist hin,
> Mein Herz ist schwer,
> Ich find sie nimmer
> und nimmermehr.

Bis hierhin kennen es ja fast alle. Aber wissen sie auch, wie es weitergeht?

> Wo ich ihn nicht hab
> Ist mir das Grab,
> Die ganze Welt
> Ist mir vergällt.

Und es wird noch schlimmer:

> Mein armer Kopf
> Ist mir verrückt,
> Mein armer Sinn
> Ist mir zerstückt.

Als hätte ihr die gerade vor ein paar Minuten entdeckte Liebe zu Faust auch die Hellsichtigkeit einer Wahnsinnigen eingepflanzt. Denn nachdem sie ihre Mutter und ihr Kind umbringt, ihren Bruder im Kampf um diese Liebe verliert, endet sie tatsächlich im Kerker, zum Tode verurteilt, und wird dann auch wirklich ›zerstückt‹.

> Meine Ruh ist hin
> Mein Herz ist schwer,
> Ich finde sie nimmer
> Und nimmermehr.

Ist das Liebe?

Mir scheint, als drücke sich jeder vor einer Antwort. Selbst in den Büchern. Ja, sogar ganz besonders in den Büchern. Die machen einen ganz besoffen mit ihren Geschichten.

Also, was soll das sein, dieses ›Liebe‹?
Eine Droge? Oder ein Fluch?
Vielleicht ein Schlager? Es fährt ein Zug nach nirgendwo ...
Oder Rock'n Roll? I can't get no satisfaction ...
Oder vielleicht ein Moody Blues mit Nights in White Satin? Eine ewig währende Depression?

Ich weiß nicht, aber diese Wissenschaftler klingen ziemlich beängstigend.
Als würden wir direkt in eine Zelle hineingeboren und warten unser ganzes Leben lang auf das Urteil: Entweder kriegst du genug Liebe und feierst Parties bis in die Ewigkeit – oder du fällst viel zu früh in den kalten Schlaf, weil für dich nichts mehr übrig war.
Ich finde das sehr deprimierend.
Sehr, sehr deprimierend.
Sehr, sehr, sehr deprimierend!

Der Mensch wird doch auch mit einem *Willen* geboren, denke ich mir. Also, was ist mit unserem Willen?

Die gesamte abendländische Philosophie ist voll mit Thesen über dieses angeborene Instrument der Vernunft!
Zum Beispiel Immanuel Kant, der den Willen sogar gleichgesetzt hat mit Vernunft in seinem berühmten »Kategorischen Imperativ«: »Handle so, dass die Maxime deines Willens jederzeit zugleich als Prinzip einer allgemeinen Gesetzgebung gelten könne.«
Oder im Kontext der Ethik: »Die Autonomie des Willes ist das alleinige Prinzip aller moralischen Gesetze und der ihm gemäßen Pflichten.«
Das bedeutet – so sagt er an anderer Stelle: »Sollen ist eigentlich ein Wollen ... Der Wille ist nichts anderes als praktische Vernunft.«
Und die Erkenntnis, zu der der Mensch dann schließlich gelangt, entstamme aus lediglich zwei Schichten des menschlichen Seins: aus der der *Anschauung* und der des *Denkens*.
Und ich frage mich: Was ist mit dem *Gefühl*, Herr Kant?

Aber da laut Herrn Kant jede Erkenntnis aus der Anschauung, aus dem Erleben hervorgeht, kann der Mensch keine Aussage über Gott und Seele machen, sagt er, kann der Mensch nicht sagen, ob sie existieren oder nicht. Sie seien ›gedachte Dinge‹, Verstandesbegriffe, die uns als ›transzendentaler Schein‹ begleiten.
Das hieße also, dass wir auch keine Auskunft darüber geben können, ob es die Liebe gibt oder nicht?!
Und was bitte ist mit *Erlösung* oder mit *Hoffnung*?!

Was der Mensch hoffen kann, sagt er, bestimme er selbst durch seine vernünftige Tätigkeit, die ›praktische Vernunft‹ eben, die das ›Selbstdenken‹ sei.

Und wie bitteschön sieht die praktische *Anwendung* aus, ohne dabei irre zu werden?
Wenn die Sonne den Stein wärmt, Herr Kant, was wärmt dann den Menschen? Nur sein eigenes Denken?
Gibt es denn nun dieses ›Liebe‹ oder nicht?

Aber jetzt werde ich in die These von ›Raum und Zeit‹ gedrängt, die »eine Form von Sinnlichkeit (sind), die in meinem Subjekt vor allen wirklichen Eindrücken hervorgeht«, wodurch »ich von den Gegenständen affiziert (be-eindruckt) werde.«
Heißt das, dieses ›Liebe‹ ist bloß ein Rohstoff, aus dem Leichenhäuser gebaut werden?

Glücklicherweise haben wenigstens die Esoteriker eine einfache Verwendung für dieses Gen gefunden. Sie sagen:
Selbst wenn ich nicht genug Liebe von anderen abkriege, kann ich – und jetzt Achtung! – kann ich mit einem Lächeln in mein eigenes Spiegelbild lernen, mich selbst zu lieben. Ich muss es nur wollen, sagen sie, und es regelmäßig üben! Es sei nur eine Frage der Selbstdisziplin, ob ich glücklich werde und lange lebe.
Herrlich!
Und so einfach – oder?
Ja, warum auch nicht?

Vielleicht ist dieses ›Liebe‹ ja tatsächlich nur ein alter Kalenderspruch wie etwa: ›Jeder ist seines Glückes Schmied.‹ Oder vielleicht nur ein schwarz-weißer Traum à la Lilian Harvey und Willy Fritsch: Irgendwo auf der Welt gibt's ein kleines bisschen Glück, und ich weiß, es kommt zu mir zurück ...
Aber ist denn Glück dasselbe wie Liebe?

Auch hier finden wir wieder Denk-würdiges bei Immanuel Kant, dem »Chinesen von Königsberg«, wie ihn Nietzsche nannte: »Glücklich zu sein, ist notwendig das Verlangen jedes vernünftigen aber endlichen Wesens, und also ein unvermeidlicher Bestimmungsgrund seines Begehrungsvermögens.«

Mir scheint, zum Glücklichwerden reicht eine raffinierte Choreografie, die dem Solisten zwar ein Höchstmaß an Disziplin und Kondition abverlangt, ihn aber dadurch so geschickt ablenkt, dass er den Pas de deux gar nicht vermisst.
DENN FÜR DIE ›LIEBE‹ BRAUCHT ES EIN GEGENÜBER.

»Er hat mit mir geredet!!!«, begründet Julia ihre Entscheidung *für* Romeo und *gegen* den Rest der Welt.

Ich habe verschiedene Leute auf der Straße gefragt, wie sie denn dieses Wort mit den fünf Buchstaben buchstabieren würden.

Ein vielleicht fünfzehnjähriges Mädchen an der Bushaltestelle antwortete spontan:

> L wie laber nicht rum!
> I wie ihh – eine Spinne
> E wie ey, halt's Maul
> B wie boah! und
> E wie endlich Wochenende

Ein Mann im Restaurant mit Anzug und Krawatte, Anfang dreißig, in blonder Begleitung mit Hermès-Tasche, sagte:

> L wie, natürlich, Liebe
> I wie Irrsinn
> E wie – mit einem Blick zu seiner Partnerin – E wie Eifersucht
> B wie Basis
> E wie Erfahrung

In der Buchhandlung antwortete eine vollberufstätige Frau etwa Mitte vierzig: »Warten Sie mal, ja, wie sage ich's denn am besten, ach ja, also:«

> L wie Leopold, meine Sandkastenliebe
> I wie Ingolf, die verpasste Chance
> E wie Eberhard, ein gescheiterter Versuch
> B wie Bernd, dem ich meine besten Jahre opferte
> E wie Ernst Dieter – Schwamm drüber!

Dann fragte ich einen Mann Anfang fünfzig, allein stehend, in der Kneipe am Tresen schwankend:

> L wie Lüge – Lähmung – Leichenhalle, was willste noch!?
> I wie Irrtum – Idiotie – imperialistisch, jawohl, imperialistisch!
> E wie, ach geh mir weg, das Ganze ist doch die reinste Erpressung und purer Beschiss, jawohl,
> B wie Beschiss und das Ende von der Geschichte ist: Entsetzen! Jawohl,
> E wie das blanke Entsetzen!

Und eine junge Frau, vielleicht Mitte zwanzig, im Vorübergehen auf der Straße sagte: »Was? Wie ich Liebe buchstabiere? Ok:«

> L wie geil, geil, geil!
> I wie totaler Wahnsinn!!
> E – hey, ist mir so was von egal
> B – noch viel mehr und
> E – tut mir Leid, aber ich muss weiter. Tschüüüüss!

Tja, und was nun?

L-I-E-B-E, ein Wort wie eine Lupe: In starken Augenblicken wachsen uns Flügel; fehlt sie in den schwachen Lebensphasen, zieht es abwärts, ins Packeis der Leere.
Und gleichzeitig ist ein Wort wie ein Spiegel. Es zeigt uns immer nur in der Projektion.
Entweder in der Projektion, die wir selbst inszenieren oder die in uns gesehen werden will. Natürlich ist das, was wir dann sehen, also was auf der Spiegelfläche der fünf Buchstaben schwirrt, immer nur die *Idealvorstellung* des Betrachters.
Ich denke, Liebe hat mit allem und vielem zu tun, aber nichts mit Wahrheit oder Freiheit.

Hatte denn zum Beispiel Medea die Freiheit, sich aus eigenen Stücken in Jason zu verlieben?
Nein! Hera wollte, dass Jason das goldene Vlies bekommt, was ihm aus eigener Kraft gar nie möglich gewesen wäre.
Er brauchte die Hilfe der Zauberin Medea. Aber die interessierte

sich nicht für die Liebe, sondern nur für ihre Studien. Da half die Göttin Hera nach und setzte den Liebesboten Amor auf sie an. Die Sage erzählt, dass gerade, als Medea vor dem Gast Jason fliehend in ihrem Gemach verschwinden wollte, ihr dieser geflügelte Nackedei einen »schmerzgefüllten« Pfeil ins Herz schoss, »und sie entbrannte in Liebe!«
Tja, der Rest ist ja bekannt. Als hätte ihr dieser verdammte Pfeil auch das Hirn weggebrannt, legte sie dann später ihre gesamte Umgebung, die Geliebte ihres Mannes und ihre zwei Kinder in Schutt und Asche.

In früheren Epochen scheint der rächende Kahlschlag durchaus gang und gäbe gewesen zu sein. Aber seit etwa der Romantik wurde der Liebesschmerz in der Literatur eher verinnerlicht oder richtete sich wie z. B. bei Goethes »Werther« sogar gegen den Leidenden selbst. Eine heutige Variante klingt wie folgt:

> Als wäre die Musik
> ein Atem aus Licht,
> so dringt der Klang
> aus schwarzen Kästen
> in meine Haut.
> Töne,
> hinter Witwenschleier,
> die von meinem Ursprung wissen
> und von meinem Tod.
>
> Ein Gesang
> wie ein Kindertraum,
> dass Wünsche
> wahr werden können,
> wie das Betteln
> junger Vögel um Futter,
> unersättlich.
>
> Sie kommt aus einem Land,
> das ich nicht kenne,
> in eine Welt,
> die mich nicht kennt.
> Ich bin klein

wie im Fieber.
Die Stimme
fliegt im Raum,
groß, warm und breit,
bauchig wie ein Gott,
hält mich,
als wär' ich ein Baby.

Ich trinke sie
wie eine Gläubige,
durstig nach Erlösung,
nach Absolution,
süchtig nach Händen,
nach dem Mund,
der meinen Namen kennt,
mich kennt,
mich,
meine Haut.

Nicht aufhören!
Solange ihr spielt,
reitet mein Prinz,
kenn' ich die Zukunft,
verstehe ich Farsi.
Nur nicht aufhören!
Nie!
Ich sterbe, Gott!
Ich sterbe –
und keiner merkt es –
vermisst mich denn niemand?

Bitte nicht aufhören –
nicht aufhören –
bitte –

wäre ich geblieben –
hätte das Messer
einen von uns getroffen –
wäre bald
einer krumm gegangen –

irgendwann
blind geworden –
Gott halt die Musik fest –
lass mir das Licht –

ich habe versucht
ES zu ersticken –
zu vergraben –
zu zerstückeln –
dieses ES
loszuwerden –
aber ES ist festgewachsen –
wie ein Organ,
wie ein Ohr –
sein Name –
sein Gang –
sein Echo in meinen Adern –

sing!
mein persischer Prinz –
das ist ein Pakt heute Nacht!
Heute Nacht
will ich ihn sehn,
gesund werden,
übers Wasser gehen,
sing!
nimm mein Gesicht,
mach es schön,
mach uns wieder jung
und ahnungslos!
Sing!
Hoffentlich reißt das Band nicht!
Sing!
Ich habe ein Rendezvous!

Singt Götter!
Macht mich stark,
dass ich nie wieder weine.

Aber nun sind die Sagen und Mythen ja immer auch nur männliche Fantasien gewesen, das heißt: So eine ›Medea-Liebe‹, also eine Liebe mit solch einem zerstörerischen Ende, könnte natürlich auch eine bildgewordene, rein geschlechtsspezifische Männerangst sein. Gewissermaßen eine Art Gebärmutterneid!

Denn es hält sich ja ganz hartnäckig die Überzeugung, Männer und Frauen würden schlicht nicht zusammenpassen.
Im besten Fall, wird da exploriert, seien wir wohl eher Konkurrenten – ich frage mich nur: bei was?
Oder – so die Hardcore-Fassung à la Freud und Nietzsche – seien wir Frauen ja eh etwas Minderwertiges, etwa ein Ausstellungsstück oder Untertan.
Freud sagte: »... aber die Stellung der Frau wird keine andere sein können, als sie ist: in jungen Jahren ein angebetetes Liebchen und in reiferen ein geliebtes Weib.« Er empfindet wenigstens noch etwas für sein Dekorationsstück.

Nietzsche dagegen erbricht regelrecht seine unverdaute Verachtung in philosophisch verkleideten Traktaten – ob nun das Weib im Orient oder die im Okzident: Nietzsche keult sie alle nieder. Hier einige Kostproben:
– »Im Orient und im Athen der besten Jahrhunderte schloß man die Frauen ab, man wollte die Phantasie-Verderbniß des Weibes nicht: *das* verdirbt die Rasse, mehr als der leibliche Verkehr mit einem Manne.«
– »[zum] Vermöge[n] der Liebe sucht der Mann die unbedingte Sklavin, das Weib die unbedingte Sklaverei – Liebe ist das Verlangen nach einer vergangenen Cultur und Gesellschaft.«
– »Liebe ist für Männer etwas ganz anderes als für Frauen. Den meisten ist wohl Liebe eine Art Habsucht; den übrigen Männern ist Liebe die Anbetung einer leidenden und verhüllten Gottheit ...«

Also, ich finde, das klingt sogar ganz stark nach einem Gebärmutterneid.
Könnte doch sein. Es muss doch irgendeinen Grund geben, warum die Frauen in der Literatur, was die Liebe betrifft, so schlecht abschneiden: Entweder sind wir eine tyrannische Lady Macbeth oder die darbende Minna von Barnhelm.

Vielleicht existiert ja bei dem so genannten starken Geschlecht eine Art Ur-Panik, dass sich die Frauen irgendwann mal weigern könnten, sie überhaupt noch gebären zu wollen.
Könnte ja sein. In »Lysistrata« zum Beispiel sind die Männer sogar zur Kapitulation bereit, wenn sie nur unverzüglich wieder zwischen die Beine ihrer Frauen dürfen.

Vielleicht haben die antiken Erzähler ja schon damals geahnt, dass irgendwann das menschliche Genom entschlüsselt sein wird und dass sich die Menschen aus ihren eigenen Schuppen klonen werden können. Und dass die Frauen dann ja tatsächlich nicht mehr auf die sagenumwobenen ›Erzeuger‹ angewiesen sind.

Eigentlich müsste sich die männliche Forschung jetzt ganz schnell daran machen, eine künstliche Gebärmutter für Männer zu entwickeln. Sonst sieht's für die Zukunft des männlichen Geschlechts ziemlich düster aus.
Und genau genommen müsste die Initiative sogar von der Kirche ausgehn, wenn sie das Alte Testament nicht – nochmal – neu schreiben will.

Welch eine Entdeckung! Das Genom! Wahnsinn! Gerade freue ich mich zum ersten Mal über die Genforschung. Wow!
Fast möchte ich sagen, die erste – historisch gesehen die überhaupt allererste! – rein *feministische* Erfindung.
Nach Dynamit und Atombombe, U-Boote und Giftgas: jetzt das *Klonen!*
Ob denen allen schon klar ist, was sie da erfunden haben? Nach Liebe im Internet, Sex im Cyberspace – jetzt *Kinderzeugen aus eigenen Hautschuppen.*

Und wenn es denn schon möglich ist, Menschen synthetisch zu erzeugen, warum denn nicht gleich auch den geeigneten Liebsten im Reagenzglas designen lassen und ihn selbst austragen?
Ja, warum nicht?!
So könnte es sein, und das nächste Jahrtausend wird ein Matriarchat ...

Aber stopp! Was wird mit der *Zeit*? Selbst wenn die Wissenschaft die Grenze des Genoms überwunden hat, so wird sie doch niemals die Zeit vor- oder zurückdrehen können ...

Aber vielleicht können sie den Alterungsprozess ganz stoppen, ja, das könnte möglich sein ...
Ja, natürlich, wenn sie die Zeit in den Griff kriegen, dann wird alles ganz einfach:
Sie züchten einfach Kolonien verschiedener Jahrgänge mit den dazu passend designten Liebesbeziehungen, in jeder erwünschten sexuellen Neigung, Hautfarbe und Kultur, mit gemeinsamen Interessen für Musik, Lebensstil und Kindererziehung ...

Ja, genau, so bekommt der Begriff des Lebensabschnittpartners sogar einen zukunftstauglichen Sinn ...
Seltsam, wohin ein einziges Wort die Fantasie treiben kann ...

Das letzte Einhorn

Ich kann nicht über die Liebe reden, ohne auch über die Götter zu reden. Ich sage immer ›Götter‹, weil ich irgendwie mit mehreren aufgewachsen bin, und deswegen existiert für mich das Überirdische nur im Plural. Als eine Art Götter-WG.
Also, die Götter waren jedenfalls meine ersten Lieb-haber. Das heißt, sie waren die Ersten, deren Namen *immer* in Verbindung mit Liebe benutzt wurden. Von *jedem*.
Nun, als ich vor einer Ewigkeit im Diesseits sichtbar wurde, haben mir alle Menschen, die auf mich herabblickten, gesagt, dass auch sie mich allesamt sehr lieben würden.
Und gewissermaßen als Beweis ihrer großen Liebe wurde ich ständig geküsst, umarmt, gedrückt, getragen, gefüttert, gewaschen, gekniffen, herumgereicht und bespuckt, besonders bespuckt, ja sogar sehr oft bespuckt.
DAS IST SO BRAUCH IM ORIENT. JE MEHR EIN KIND GELIEBT WIRD, DESTO NASSER WIRD ES.

Dieses Spucken hat etwa dieselbe Bedeutung wie das abendländische Toi, toi, toi! Nur dass es eben Tüh, tüh, tüh! ausgesprochen wird.
Sie liebten mich wirklich sehr. Besonders die eine Tante, die mich ständig auf die Augen küsste und sagte: »Allah, Allah, hat das Kind schöne Augen!«
Und dann spuckte sie immer gleich hinterher, tüh, tüh, tüh! – »damit sich da kein Neid draufsetzt«, sagte sie.
Aus Liebe zu mir oder auch nur zu meinen Augen spuckte sie mir immer übers ganze Gesicht und wischte gleich mit ihren zitronenparfümierten Händen hinterher. Es stank und es klebte.
ICH ERINNERE MICH NOCH SEHR GENAU, DASS MIR DIESE ART VON LIEBE ÜBERHAUPT NICHT GEFIEL.

Also wehrte ich mich. Ich schrie, wenn sie auch nur das Zimmer betrat. Es blieb mir ja nichts anderes übrig, ich konnte weder abhauen noch zubeißen. Also schrie ich, bis sich meine Mutter so sehr für mich schämte, dass sie mir den üppig mit Zucker bestreuten Schnuller in den Mund stopfte. Natürlich schreit mit so etwas Köstlichem auf der Zunge kein Kind auf der Welt. Ich auch nicht! Ich strahlte selig und nuckelte. Was diese Tante erneut dazu motivierte, irgendwelche Dämonen mit ihrer klebrigen Spucke verjagen zu müssen: »Tüh, tüh, tüh! – damit sich da ja kein Neid draufsetzt!« Das war so unfair.

Ich bin ziemlich sicher, diese Frau hätte mich irgendwann blind gespuckt, wäre ich nicht mit sieben Jahren nach Deutschland gekommen.
Denn als Erstes musste ich hier nämlich zum Augenarzt, weil ich so schlecht sah, dass ich mit der Nase immer auf dem Schulheft schabte. Tja, und prompt bekam ich ein grausliches, rot meliertes Kassengestell mit lupendicken Gläsern von acht Dioptrien plus.

Aber da war noch mein Opa.
Nein, er spuckte nicht. Er zeigte nach oben.
Also, es begab sich zu jener Zeit, als die Milchzähne noch komplett waren und ich allmählich den Sinn von Sätzen zu verstehen begann – da erzählte mir mein Opa von einer Liebe, die über jede mir bekannte menschliche Zuneigung stünde.

Er nannte ihn, den, der mich so lieben würde, Allah, sagte aber, dass ich mir auch einen anderen der 99 verschiedenen Namen aussuchen könnte.
Ich entschied mich für Den-da-oben, weil mir die Blickrichtung so am besten gefiel – wie ein Flug, vorbei an allen irdischen Unwägbarkeiten und durch alle Bedrängnisse hindurch bis ans Ende des Lichts.
Auch wenn ich den Abstand dieser Liebe für ein wenig zu groß empfand, dachte ich mir: Opa wird es wissen, denn Opa war etwas ganz Besonderes. Nicht nur, weil er der Älteste in der Familie war und als Einziger einen weißen Bart hatte.
Er war nämlich ein Gepilgerter, ein Haci. Er war Dem-da-oben sozusagen am nächsten gekommen. Er war der Einzige in der gesamten Sippe, der das Grab des Propheten Mohammed berührt hatte. Und seitdem wurde er noch mehr geliebt, hieß es.

Vielleicht bewohnte er deshalb ein eigenes Zimmer und bekam sein Essen an einem extra Tisch serviert. Außerdem saß er auf ei-

nem Stuhl mit Rückenlehne, während wir anderen mit krummen Rücken auf dem Boden hockten.
Ich sah oft zu ihm hoch und dachte: Liebe muss also etwas mit Bequemlichkeit zu tun haben.

Also mein Opa erzählte mir – übrigens, er war der Einzige, der mich nie in den Arm nahm oder mir auch nur irgendetwas Nettes sagte, was bei einem, der so oft von Liebe sprach zumindest etwas ungewöhnlich war – jedenfalls erzählte mein Opa eines Tages, dass es da oben, über uns und über dem Haus und auch noch viel weiter oben als der Maulbeerbaum, also dass es da oben einen gibt, der mich noch viel, viel mehr liebt als alle hier auf der Erde zusammen, und dass ich ihn – Den-da-oben – deshalb auch sehr, sehr lieben müsse, mehr als meine Oma und meine Eltern und auch mehr als ihn, meinen Opa.

Dass Der-da-oben über unseren Köpfen leben sollte und über dem Haus und sogar noch über der Scheune, konnte ich noch nachvollziehen – ich sah ja von meiner Perspektive aus die jeweiligen Umrisse der Dächer.
Aber, dass Der-da-oben sogar über dem Maulbeerbaum wohnen sollte, schien mir doch sehr gewagt. Der Baum war das Größte, was ich kannte. In seinen Blättern hörte das Licht auf.
Außerdem war der Baum selbst so etwas wie ein Der-da-oben für mich, eine Art eigenes Universum. Ein Relikt aus vergangenen Zeiten, als dort noch jede zweite Familie Seidenraupen züchtete. Jetzt wurde er nicht mehr beschnitten und hatte eine gigantisch große, sattgrüne Blätterkrone.

Ich kroch oft auf allen Vieren um den dicken Stamm, zwischen herumschwirrenden Bienen, sammelte die abgefallenen Früchte auf, die noch gut waren. Kleine, weiße, vielleicht fingerhutgroße Trauben, die wie schaumig geschlagene Milch mit Honig schmeckten. Saß stundenlang in seinem Schatten und sah auf die trockene Wiese, sah auf das dahinter gelegene Tal mit dem kleinen Fluss, der im grellen Sonnenlicht wie Perlmutt blinkte und wie ein Kaleidoskop fortwährend neue Motive zusammenpuzzelte. Das Wasser zauberte endlose Bilderfluten wie ein Freiluftkino.

Ich liebte diesen Platz. Er gehörte mir und niemand außer mir

traute sich dort zu sitzen – wegen der Bienen. Aber mir taten sie nichts. Das heißt, nichts mehr. Unseren Kampf hatten wir hinter uns, und ich hatte meine Lektion gelernt.
Einmal, als ich wieder auf allen Vieren zwischen den vermatschten Früchten die besten heraussuchte, entdeckte ich eine besonders große. Und obwohl an diesem Tag der Boden übersät war mit noch guten Beeren, hatte ich es auf diese *eine* ganz besonders abgesehen. Leider war das heiß begehrte Objekt meiner Gier bereits okkupiert.
Zwei Bienen hatten sich äußerst hartnäckig dieser Köstlichkeit bemächtigt, und je mehr ich versuchte, sie wegzupusten oder abzuschütteln, desto fester saugten sie sich in das Fruchtfleisch. Schließlich schaffte ich es, sie wie Murmeln wegzuflitschen und steckte mir die Maulbeere sofort in den Mund.
Aber dann, noch im selben Augenblick, als hätten Blitze in mein Gesicht eingeschlagen, brannte sich ein Schmerz wie heißes Wachs durch die Knochen bis in den Hals hinein.
Es war die Rache der Bienen: Die eine stach ihren Zorn in meine linke Wange, die andere in die rechte und dann verschwanden sie. Stiche wie Spritzen mit Feuer.
Und ich blieb schreiend zurück.
Ich schrie und weinte bis zur Heiserkeit, aber niemand kam, sie waren alle auf dem Feld. Mein Gesicht quoll bis zu den Ohren, Wangen wie rote Kürbisse.
Trotzdem blieb mir nichts anderes übrig, als sitzen zu bleiben, bis das Brennen erträglicher wurde. Ich erinnere mich, dass es ganz still geworden war, als sollte ich in Ruhe Buße tun. Die Bienen hörten auf zu surren. Oder vielleicht war ich auch nur taub geworden, weil die Schwellung die Ohren verstopfte.
Jedenfalls habe ich seitdem nie wieder irgendjemandem – ob Tier oder Mensch – irgendetwas absichtlich weggenommen.

Wie gesagt: Ich saß oft unter diesem größten und liebsten aller Bäume und sah aus dem Schatten hinaus auf die Landschaft, auf die Hausmauer und auch zum Himmel am Horizont. Aber da war Nichts, da war nie etwas anderes außer dem immergleichen Kornblumenblau.
Und deshalb sagte ich zu meinem Opa, ich wolle Den-da-oben sehn. »Das geht nicht«, sagte mein Opa kalt, knapp und sehr streng.

Und das war ein Satz, den ich zutiefst hasste.
»Ich will aber!«, forderte ich stur.
»Das geht nicht«, wiederholte mein Opa mit stechendem Blick.
»Dann zeig mir wenigstens ein Foto von ihm!«, bestand ich trotzig.
Der alte Mann wurde weiß vor Wut: »Das geht nicht«, wiederholte er, »und jetzt ist Schluss!«
Aber bei mir ging es jetzt erst richtig los: »Ich will aber!«, schrie ich. »Ich will! Ich will! Ich will!«

Zu jenem Zeitpunkt kannte ich schon ziemlich genau die Wirkung dieses Satzes. Wenn ich ihn nur oft genug, vor allem laut genug wiederholte, blieb meinen Eltern gar nichts anderes übrig, als mir entgegenzukommen.
Mit einem ähnlich widerspenstigen »Ich will aber!«, hatte ich nämlich ihnen das Foto eines Onkels abgetrotzt, von dem sie zwar sehr oft sprachen, den ich aber nie zu sehen bekam, weil er an einem Ort lebte, zu dem wir Kinder keinen Zutritt hatten.
»Ich will ihn aber sehn«, bettelte ich. »Das geht nicht«, sagten sie.
»Ich will aber!«, trotzte ich.

Ich platzte nämlich vor Neugier. Denn um den Geisteszustand dieses Onkels rankten sich viele Gerüchte.
Einige machten mir Angst, weil sie so geheimnisvoll und vage waren, wie Geräusche bei Dunkelheit, andere lösten ein mir bis dahin unbekanntes Gefühl wie Mitleid aus, ähnlich diesem Mix aus Ekel und Scham, wenn wir die streunenden Katzen und Hunde mit Steinen wegjagen mussten.
Aber ein Gerücht machte ihn in meinen Augen zum Heiligen.
Und ich beschloss, *dieses eine* Gerücht als die einzig wahre Ursache seiner Krankheit festzulegen.
Es hieß, er sei krank geworden aus Liebe!
KRANK AUS LIEBE!

Ich fand das äußerst eindrucksvoll. Er war nicht krank als Folge eines Unfalls oder wegen eines organischen Leidens. Nein, er war krank aus Liebe. Und zwar so krank, dass er ein Leben lang therapiert werden musste.

Krank aus Liebe. Diese Diagnose erhob meinen unsichtbaren

Onkel zu einer Sagengestalt: Er wurde und ist es bis heute geblieben, das *letzte Einhorn* meiner Kindheit.

Man erzählte, er hätte sich unsterblich in die Tochter des Großbauern verliebt und wollte sie unbedingt heiraten. Das Mädchen sei sehr wohl einverstanden gewesen, hieß es. Aber die Eltern verweigerten ihre Zustimmung – es störte sie, dass er keine Familie mehr hatte und arm war.
Seit seinem siebten Lebensjahr war er verwaist und bei verschiedenen Verwandten aufgewachsen. Er hatte zwar gelernt, anständig zu sein, Abstand zu halten, sich warm anzuziehen, wenn es kalt wurde, zu den Alten höflich zu sein und Kindern zu helfen, wusste, wie er satt wurde und was Sitte und Brauch war, und lernte sogar lesen und schreiben – aber niemand hatte ihn gelehrt zu lieben.
Und als er diesem Mädchen begegnete, vergaß er alles, tatsächlich alles. Er vergaß, was er wusste, er vergaß zu essen, seinen Stolz, vergaß die Konventionen, die erbarmungslosen Sitten und Gebräuche, er vergaß sich warm anzuziehen und schließlich vergaß er sich selbst.
Er hatte gedacht, wenn das tägliche Leben die Addition von endlosen Taten ist, so müsste die Liebe die Summe aller Tugenden sein.
Also schrieb er ihr, machte Geschenke, saß Tag und Nacht vor ihrer Tür im Staub, ließ sich verjagen wie einen Hund und kroch auf allen Vieren wieder zurück, er sprach mit niemandem mehr; alles, was er zu sagen gehabt hätte, galt nur diesem einen Mädchen, und jeder andere Gedanke langweilte ihn.
Aber die Eltern des Mädchens lehnten diesen Onkel nicht nur für ihre Tochter ab, sie jagten ihn schließlich sogar aus dem Dorf. Niemand wollte ihn mehr bei sich arbeiten lassen, in keinem Teehaus sprach man mehr mit ihm – über Jahre hinweg.
Und so ging er in die Hauptstadt und wurde krank – in der Seele.
Er wurde aus der Wirklichkeit geschleudert, hieß es.
Er lebe jetzt in einer anderen Wirklichkeit, sagten sie, hinter hohen Mauern in einer anderen Welt, mit anderen Träumen, und wir Kinder mussten draußen bleiben.
Und da blieb mir doch nichts anderes übrig, als hartnäckig einen Beweis zu fordern, ich musste diesen Onkel sehen! Und ich sah ihn auch – auf einem Foto: ein schmaler dunkler Mann, wie mein

Vater, nur viel schmaler. Heute würde ich sagen, er hatte etwas Ähnlichkeit mit Kafka.
Aber vielleicht sehen ja alle Unglücklichen ein bisschen aus wie Kafka.

Jedenfalls wollte ich auch ein Bild von Dem-da-oben, aber da wurde Opa richtig zornig. Es gäbe kein Foto von Dem-da-oben, nur seine Schrift und, quasi als Beweis, schlug er ein Buch auf: »das Buch der Bücher«, wie er sagte. Und das überzeugte, denn kein Buchstabe aus dem Buch der Bücher glich irgendeinem der Lettern in der Zeitung.
Er sagte, um es Ihm-da-oben zu beweisen, dass auch ich ihn wirklich über alles liebe, müsste ich seine Schrift lesen lernen, das wäre wie mit ihm sprechen. Natürlich verstand ich nichts, wie übrigens die meisten um mich herum, aber Er-da-oben verstünde alles, versicherte mir mein Opa.

Von da an las ich täglich in dem Buch der Bücher mit der Schrift der Schriften und lernte Worte, die wie Bilder aussahen, und Texte, die wie ein Lied gesungen wurden, auswendig. Und es klang ja auch wirklich schön, dieses Arabisch: Bismillâhirrahmanirahim, Allham ... (Islamisches Grundbekenntnis, vergleichbar mit dem christlichen Vaterunser).

> Bismillâhirrahmanirahim ...
> [Lob und Preis sei Allah, dem Herrn aller Weltenbewohner, dem gnädigen Allerbarmer, der am Tag des Gerichtes herrscht. Dir allein wollen wir dienen, und zu dir allein flehen wir um Beistand. Führe uns den rechten Weg, den Weg derer, welche sich deiner Gnade freuen – und nicht den Pfad jener, über die du zürnst oder die in die Irre gehen]
> ... Amin.

Ich weiß nicht mehr genau, wie alt ich war, aber die Milchzähne waren noch komplett, bloß die unteren wackelten ein wenig, weil ich in den Lesepausen immer den Zeigefinger in den Mund hängte.
Aber ich wehrte mich nicht, ich akzeptierte, dass man mit einem unsichtbaren Lieb-haber eben nur in Hieroglyphen sprechen kann.

Jedoch gefiel mir diese Art von Liebe auch nicht besonders.

Es war ziemlich frustrierend, immer nur geben zu müssen, ohne jemals eine Antwort zu bekommen. Und ich begriff allmählich, um jemanden lieben zu können, brauchte ich eine Antwort. Worte ohne Empfänger verlieren ihren Sinn, dachte ich.

Irgendwann, gegen Ende dieses zweijährigen Tête-à-Têtes mit einem Überirdischen und meinem Opa als Anstandswauwau, da geschah dann tatsächlich etwas sehr Fleischliches.

Der Physiker Stephen Hawking sagt: Wir können immer nur ein vergangenes Stadium des Universums betrachten.

Aber der Blick zurück ist wie eine Transformation, es verändert. Als wäre die Zeit hinter den Bildern ein Reservat der Harmonie. Und die, deren Umrisse noch erkennbar sind, erscheinen wie Fremde einer anderen Galaxie.
Plötzlich bin ich jemand anderes, und die Reise durch die Bilderrahmen wird zu einer Expedition in den eigenen Kopf von damals.

Ahmet

Eigentlich mochte ich ihn gar nicht so sehr. Er hatte immer dreckige Knie und eine Rotzkruste unter der Nase, und die Fingernägel waren zu lang und zu schwarz. Aber er hatte ein ansteckendes Lachen. Dabei zog sich der Mund wie eine Gondel in die Breite und seine riesigen, olivgroßen Augen schlossen sich zu kleinen Halbmondschlitzen.

Er hieß Ahmet.

Außerdem verband uns, jedenfalls für unsere Kinderverhältnisse, noch etwas ganz Spezielles – bei uns wackelten nämlich dieselben Zähne im Unterkiefer. Leider war das für meine Tante ein Grund mehr, uns beide jedes Mal anzuspucken, wenn sie uns sah.
«Maschallah, Maschallah!« wiederholte sie ständig mit gepresster Stimme, das sei ein Zeichen für Klugheit, wenn die Zähne schon so früh ausfielen. ›Wir seien gesegnet‹, und wieder spuckte sie.
Uns ging die Spuckerei ziemlich auf den Wecker, aber es schmeichelte uns auch.
Denn Ahmet und ich waren tatsächlich die einzigen Fünfjährigen in der ersten Klasse.

Also: Es war ein typischer anatolischer Sommer, sehr heiß und sehr staubig, und Ahmet wartete vor der Hausmauer meiner Großeltern. Er rief nie oder machte sich sonst wie bemerkbar. Er saß entweder unter dem Maulbeerbaum oder lief auf der Wiese auf und ab. Aber ich wusste sofort, wenn er da war.
Da stand er, die Arme mir entgegengestreckt, zwischen den klebrigen Händen eine Dose. Langsam schraubte er sie auf. Er war ganz steif vor Aufregung, seine Lippen krebsrot, die Augen blinkten wie poliert. Wie unter Hypnose hob er den Deckel langsam hoch und begann vorsichtig zu lächeln. Schließlich lächelte er etwas mutiger, dann allmählich breiter und breiter und immer mehr, bis das ganze Gesicht wie ein Sonnenaufgang strahlte.
»Da, für dich«, krächzte er kaum hörbar.
Ich sah nur Wasser in der rostigen Dose. »Das sind Fische«, sagte

er und zeigte auf ein paar winzig kleine, silbrige Fische auf dem Grund.
Ich stand da wie angebohrt, bewegungslos, staunte, wie man eben bei einer unerwarteten Überraschung staunt – sprachlos, mit großen Augen.
Er musste sehr, sehr tief getaucht sein, um sooo kleine Fische zu finden, dachte ich.
Ich beneidete ihn, dass er schwimmen durfte und ich nicht. Und er wusste das.
Ich bewunderte ihn, wenn er die Wasserbüffel in den Fluss zog und völlig angstfrei zwischen deren riesigen Hörnern herumplanschte.
Wir Mädchen durften nicht ins Wasser, weder mit Tieren noch ohne. Schwimmen war Männersache.
JETZT LIESS ER MICH TEILHABEN AN SEINEM ABENTEUER.

Mit einem Kopfnicken und einem leisen »Da nimm, es gehört dir« bekam ich das Geschenk in meine Hände gedrückt. Wir gingen schweigend zum Maulbeerbaum und saßen lange zwischen den schwirrenden Bienen, starrten ernsthaft und konzentriert wie Wissenschaftler in eine Hand voll Wasser in einer rostigen Dose mit silbrigen Fischen.
Ab da war es anders geworden zwischen Ahmet und mir.
ICH SPÜRTE EINE UNBEKANNTE AUFREGUNG, WENN ER KAM – ALS GÄBE ES EINEN WIND IN MIR.

Ahmet wusste, dass es mein größter Wunsch war, zu reiten. Und er hatte es oft miterlebt, wie ich unentwegt meinen Cousin anbettelte, mich doch wenigstens einmal auf den Sattel zu heben.
Ich glaubte fest, dass es da oben ›schöner‹ war als auf der Erde. Ich sagte zwar nur ›schöner‹, meinte aber, dass es da oben das schönste Schön sein müsste. Ich stellte mir vor, dass mich das Pferd wie eine Wolke in etwas ›Schönstes‹ weggetragen würde.
Aber mein Cousin stieß mich nur genervt zur Seite. Mit einem »Hör auf mit dem Unsinn!« sprang er dann auf seinen Araber und ritt davon.
Ahmet habe ich es zu verdanken, dass ich wenigstens einmal auf einem Pferd sitzen konnte. Wenn auch nur für eine sehr kurze Zeit. Es dauerte gerade mal zwei kleine Runden vor Opas Haus. Dann war's aus. Da stürzte der alte Mann mit seinem Stock aus

dem Tor und zerstörte meinen Kindertraum. »Ein Mädchen reitet nicht!«, brüllte er.
Es war an einem Nachmittag. Ich sortierte gerade Maiskolben mit meiner jüngsten Tante. Wir mussten jeweils fünf Kolben zusammenbinden und zum Trocknen aufhängen. Aber meine Tante, sonst ein überfleißiger Mensch, alberte nur herum, ihr war alles egal – sie hatte plötzlich keine Lust mehr zu arbeiten.
Sie aalte sich in der Sonne und leckte dauernd die Lippen.
Sie sagte, sie wäre in *Aschk* mit dem Dorfprediger und erzählte mir ziemlich fremdes Zeug, von Sehnsucht und Begehren. *Aschk* wäre das einzige Brot der Seele, durch das wir Menschen überhaupt je satt werden können.
Ihr Mund glänzte wie kandiert und sie verdrehte ständig die Augen. Ich schämte mich ein wenig, sie so zu sehn, so ungewohnt, so ganz ohne Hemmungen.
Da hörte ich völlig unerwartet ein Wiehern und ich wusste: Ahmet steht vor der Tür!
Fragen Sie mich nicht warum, ich weiß es nicht. Ich weiß nur noch, dass sich seit den Silberfischen etwas verändert hatte zwischen uns.
DA WAR EINE VERWANDTSCHAFT, EIN WISSEN VONEINANDER OHNE WORTE.

Und wirklich, Ahmet hatte ein Pferd mitgebracht!
Für mich.

Ein kleines Pferd zwar, aber immerhin. Und eigentlich war es auch kein richtiges Pferd, sondern eher ein zu klein geratener Maulesel mit einem schweren Rückenleiden. Sein Kreuz bog sich wie ein tiefes Tränental, aber ich saß darin fest wie angegurtet.
Ahmet half mir aufsteigen, dann zog er das Tier an der Leine. »Komm, komm«, keuchte er und lief, so schnell es eben ging, vorneweg.

Und ich galoppierte!
Ein unbeschreibliches Gefühl.
Endlich saß ich auf einem Pferd!
Alles in und um mich wurde durchgeschüttelt wie in einem Würfelbecher. Ich verlor die Orientierung. Ich wusste nicht mehr, ob ich sitze oder schwebe.

Noch nie zuvor hatte so etwas empfunden.
Es war tatsächlich das schönste Schön! Ich spürte die warme Abendluft in der Nase.
Mir war, als würde ich fliegen.

Niemand hat mir je erzählt, was das mit Ahmet war, ob *Aschk* oder *Sevgi*, Freundschaft oder einfach nur ein Kinderspiel.
Was auch immer es auch war, durch Ahmet entdeckte ich ein völlig neues Gefühl:
DA WAR EINER, DER MACHTE MICH KOMPLETT, OHNE WORTE – SO SELBSTVERSTÄNDLICH, ALS WÄRE ER MEINE UNSICHTBARE ERGÄNZUNG.

Doch der Sommer ging zu Ende und mit ihm die Geschichte mit Ahmet und gleichzeitig auch meine Kindheit in der anatolischen Hitze.
Im Herbst fuhren wir nach Deutschland und ich vergaß Ahmet für sehr, sehr lange Zeit.

II. Trauerweide

Freund, so du etwas bist,
so bleib doch ja nicht stehn.
Man muss aus einem Licht
fort in das andre gehn.

Angelus Silesius

Nullpunkt aller Orte

Eine Zigeunerlegende sagt, man braucht 39 Leben, um jemanden zu lieben, 26, um ihn zu verstehen, und eins, um ihn zu verraten.
Und ich glaube an Legenden.
Für mich sind sie das Konzentrat der Erfahrung unserer Ahnen, die diese Glaubensessenz aus dem Widerspruch zwischen Wunsch und Wirklichkeit herausgefiltert haben.
Nun gut.
Also, wenn das auch nur annährend stimmt, so frage ich mich, wie zum Teufel soll denn das gehen: 39 Leben?!
UND WER HAT ÜBERHAUPT SO VIEL AUSDAUER?

Und selbst wenn es irgendwie, wie auch immer zu schaffen wäre, wer garantiert mir denn, dass ich im 40. Leben dann auch wirklich liebe?
Und, was mir persönlich übrigens noch viel wichtiger ist, werde ich denn dann wiedergeliebt?!
Tja, was ist denn zum Beispiel, wenn der Liebste erst beim 12. Leben ist und ich schon durch, er quasi noch in der pubertären Entwicklungsphase – und ich möchte aber schon die Ernte meiner Lebensarbeit einfahren?

Und wann begänne das *Verstehen*?
Im Anschluss an die 39 Leben oder währenddessen?
MUSS MAN DENN VERSTEHEN, UM LIEBEN ZU KÖNNEN, ODER MUSS MAN ERST LIEBEN, WENN MAN VERSTEHEN WILL?

Eine 34-jährige allein erziehende Journalistin buchstabierte Liebe wie folgt:

> Lieben
> Ist
> Empfinden
> Bis zum
> Ende!

Bis zu welchem Ende?
Bis zum Ende der Liebe?
Bis zu meinem Ende oder seinem?
Und ist das Ende denn auch gleichzeitig ein Verrat?
Selbst wenn es so wäre, wäre es doch nur ein Verrat an der eigenen Liebe.
Also schadet doch der Trennende nur sich selbst.
Aber warum trennt man sich denn dann überhaupt?
Verdammt noch mal, woher soll ich denn 39 Leben herkriegen?

Es gab grad mal einen Einzigen in den letzten zwei Jahrtausenden, so erzählt eine andere Legende, der hat es aber auch nur zu zwei Leben geschafft.
Der sei kurz nach seinem Tod auferstanden, seine Jünger und seine Liebste bezeugen dies, sei ihnen erschienen und ward dann aber auch nicht mehr gesehen.
Kann ja sein. Immerhin war der ja ein Gott oder so etwas Ähnliches wie ein Gott, der Sohn eines Gottes!

Und wie bitteschön sollte dieses Wunder einem durchschnittlich gebildeten, normal sterblichen Erdenbürger gelingen?

Vielleicht à la Faust?
Ja, warum nicht?
Vielleicht brauchen wir alle ja nur einen Pudel und müssen nur lange genug abwarten, bis der zu einem Zweibeiner mit Klumpfuß mutiert:
Ich bin jene sadistisch nekrophile Kraft, die zwar Liebe verspricht, aber stets nur Leiden schafft!

Vielleicht ist die Legende vom Luzifer bloß ein Ablenkungsmanöver.
Und der gefallene Engel ist in Wahrheit dieser geflügelte Nackedei namens Liebesgott Amor! Der sich einen Spaß mit uns macht und sich ein mephistophelisches Make-up aufgelegt hat?
Also bitte, warum sonst sollte uns denn ein Gott, ein Liebes-Gott obendrein, mit ›schmerzgefüllten‹ Pfeilen traktieren?
Das sind doch ganz eindeutig sadistische, teuflische Züge!!

Doch, doch, ich finde, das hat sogar eine gewisse Logik: Heutzutage dauert jede zweite Liebe im Schnitt nicht länger als fünf Jahre, jede dritte Ehe wird noch vor dem verflixten 7. Jahr geschieden, Liebeskummer verdirbt den Appetit und raubt einem sogar den Verstand – und wer nicht geliebt wird, na dem geht's ja eh ganz mies: Der stirbt nämlich früher! Mir ist, als hörte ich diesen geflügelten Nackedei in seinen Köcher schnalzen: Ach, wie gut, dass niemand weiß, wie ich doch eigentlich heiß!

Der Lyriker Erich Fried sagt, dass es aussichtslos sei und unmöglich, sich ihr zu widersetzen oder sie begreifen zu wollen, denn trotz aller Einsicht und Erfahrung, trotz allem Schmerz und Unglück, trotz aller Vorsicht und allem Stolz, bleibt es, »was es ist«: Liebe.
Also ist dieses ›Liebe‹ eine unabwendbare Naturkatastrophe, und die Milliarden Tonnen Bücher lediglich der poetische Beweis dafür, dass sie die einzig wirkliche metaphysische Gewalt für uns Menschen ist, die wir weder beeinflussen noch verhindern noch je kontrollieren werden können.
Und ich begreife immer mehr, dass jeder *diese eine*, ganz speziell auf ihn zugeschnittene und codierte Formel *seiner* Liebe in sich tragen muss, irgendwo in einem Ort in sich. Der Philosoph Roland Barthes nennt das den *Nullpunkt aller Orte,* an dem sich das Verlangen sammelt. Er schreibt:
»Ich begegne in meinem Leben Tausenden von Leibern, von diesen Tausenden kann ich nur einige Hundert begehren; von diesen Hunderten aber liebe ich nur einen. Dieser Eine, dem meine Liebe gilt, bezeichnet mir die Besonderheit meines *Verlangens*.«

Verlangen, das scheint das Wort zu sein, das den Unterschied ausmacht zwischen der so genannten ›individuellen Liebe‹ und der Nächstenliebe: Verlangen – oder wie es Proust nennt: sehnlichstes Begehren. Er schreibt:
»Das ist ein Rätsel, für das ich den Schlüssel niemals auffinden werde. Warum begehre ich gerade ihn! Begehre ich ihn als Ganzes? Oder nur einen Teil seines Körpers? Welche Eigenschaft?«

Also, bei mir waren es die Ohren. Er hatte unglaublich abstehende Ohren. Ich habe keine Ahnung, warum – aber *er* war der Auserwählte.
Von allen Jungs der Schule gefiel *er* mir am besten. Er war nicht

einmal besonders schön. Eher dicklich – und hatte immer rote Bäckchen. Aber niemand aus der siebten Klasse sprang im Freibad so gekonnt den Köpper wie *er* und tauchte so unfassbar lange wie *er*! Und *er* hieß Wolfgang Skotta. Aber ich nannte ihn nur W. S.

> Mein Herz ist der Muschel gleich,
> Die Perle: des Freundes Bild.
> Ich passe nicht mehr in mich –
> Er füllt ganz das Herz mir aus.

Und genauso fühlte ich mich wie in diesem persischen Gedicht von Rumi, als ich W. S. entdeckte. Die zweiten Zähne waren – bis auf die Backenzähne – wieder nachgewachsen, und ich hatte ständig eine Juckallergie wegen der A-Körbchen aus 100 Prozent Polyester.

Aus dem kleinen Wind in der Erstklässlerin entwickelten sich nun regelmäßig gigantische Stürme in der jetzt Zwölfjährigen: Tagsüber hatte ich keinen Appetit und nachts lief ich schlaflos durch Gerden, natürlich nur in meinen Träumen. Und da hatte ich ein Rendezvous mit *ihm* – W. S. –, mittlerweile zum himmlischen Wesen emporgestiegen, zu einer Lichtgestalt.

Ich wollte weg von zu Hause, wo mich niemand mehr verstand. Ich lief durch einsame, dunkle Alleen, bis ich endlich die Lichtung erreichte, wo mein rettender Held wartete, nicht mehr dicklich und klein und mit Segelohren, nein, jetzt war er ein Engel und flog mit mir davon.

Mein Herz war so voll mit W.S., als hätte ich mich ausgerupft und umgetopft. Ich bestand nur noch aus dem Gefühl W.S., aus der Sehnsucht, ihn immer sehen zu wollen. Wo ich saß und ging, kritzelte ich diese beiden Buchstaben hin: W.S. – in die Hefte, in die Bücher, in die Butter oder in den Samt der Polstergarnitur. Ich *war* W.S. Ich kann mich nicht erinnern, im Alter zwischen zwölf und dreizehn überhaupt an etwas anderes gedacht zu haben als an diese zwei Buchstaben W und S.

TROTZ DES VOLLKOMMEN ›REINEN‹ VERLIEBTSEINS MERKTE ICH ZUM ERSTEN MAL, DASS DAS SEHEN UND DAS REDEN ALLEIN NICHT AUSREICHTEN.

Da musste noch etwas anderes sein, etwas unterhalb der Haut und noch tiefer als die Seele und auch noch außerhalb des Verstandes – ein Gefühl, das vielleicht in das Wort Verlangen passt.

Joachim

Natürlich veränderte sich alles noch einmal komplett, als die Weisheitszähne das Erwachsenengebiss komplettierten.
Und die Qualität der mittlerweile zu B-Körbchen ausgewachsenen Oberweite bestimmte ich nun selbst.
Mein Kopf glich einer Musikbox. Für jedes seelische Tief hatte ich die passenden Titel. Es war schier unmöglich, allein mit dem Hormonchaos fertig zu werden, noch nicht Frau und schon lange kein Kind mehr – was macht man da bloß?
Statt die arabischen Suren gen Himmel zu beten, versuchte ich jetzt die englischen Texte meiner neuen Götter zu entziffern.
Die einen hießen Simon and Garfunkel und sie sangen:

> Sail on Silver Girl
> Sail on by
> Your time has come to shine
> All your dreams are on their way
>
> See how they shine
> If you need a friend
> I'm sailing right behind
> Like a bridge over troubled water

Ja, das wär es gewesen, eine Brücke über dem trüben Teich meines Alltags, denn ich war eine ›Sad Lisa‹ und Cat Stevens wusste es: ›Her eyes like windows, trickle in rain / Upon her pain getting deeper‹ sang er – ja! –, und ich brauchte einen Freund in dieser verfluchten Hilflosigkeit:

> Lean on me, when you're not strong
> And I'll be your friend, I'll help you carry on

hörte ich von Bill Withers.

Aber meine persönliche Hymne hatten die Moody Blues geschrieben:

> I'm looking for someone to change my life
> I'm looking for a miracle in my life

Diese Unerreichbaren sangen von mir, jedenfalls empfand ich es so, und es tröstete mich.
DENN DER AM KREUZ TAT GAR NICHTS.

Ich habe eine Unmenge Kerzen angezündet, kleine, dicke, lange, dünne, bunte, weiße, egal welche – es tat sich nichts! Er starrte immer nur denselben, hölzernen Blick auf mich herab.

Dann kamen mir Zweifel, ob das überhaupt funktionieren kann – ob man denn mit Dem-da-oben, in welcher Gestalt auch immer, ob man mit Dem-da-oben über seine Probleme reden kann wie mit jedem X-Beliebigen.
Denn Gott ist ja schließlich Gott und nicht der Nachbar von nebenan.
Die Christen haben zwar die Beziehung zu ihrem Außerirdischen demokratisiert, die Kirchen sind voll mit Bildern und Statuen, man kann sich Den-da-oben also irgendwie vorstellen, aber die Gespräche blieben genauso wirkungslos wie damals mit meinem arabischen Gott – jedenfalls für mich. Egal wie oft sie sagten: Jesus liebt dich! – ich merkte nichts davon.
Also suchte ich weiter.
Und ich suchte sehr gründlich.

Da hörte ich eines Abends in einem Vortrag der »Marxistischen Gruppe« den Satz: Religion ist Opium fürs Volk!
Ja! Die Sonne ging auf! Recht hat er, dachte ich, der Karl Marx – man wird ja wirklich ganz meschugge von den ewigen Selbstgesprächen.
Wow! Welch eine Erkenntnis: die himmlische WG bloß eine gigantische Drogenfabrik und wir, die nach Erlösung lechzenden Junkies, eine zugedröhnte Manipuliermasse, von der herrschenden Klasse ausgebeutet. Yes!
Ich fühlte mich wie neu geboren. Und entdeckte den Materialismus, den Dialektischen Materialismus, um genau zu sein.
Und habe daraufhin für lange, für eine sehr lange Zeit alles Überirdische gemieden wie der Teufel das Weihwasser oder der Süchtige das Milieu, um nicht rückfällig zu werden.

Außerdem fühlte ich mich selbst gerade ziemlich überirdisch nach dem Abi!
Endlich war die Schule überstanden und endlich lebte ich mein eigenes Leben in einer WG.
Und endlich – endlich! – hatte ich meinen ersten, richtigen Freund.
Übrigens, er hatte auch abstehende Ohren, seltsam, nicht?
Und wir dachten, wir wären aus dem Gröbsten raus.
Wie ahnungslos wir doch waren!
Aber gerade diese Ahnungslosigkeit war unsere Tarnkappe.
Sie schützte uns wie eine Gummizelle.
Wir rannten zwar ständig gegen irgendwelche Mauern, sowohl gegen die eigenen als auch gegen die gesellschaftlichen, aber bis auf ein paar Prellungen gab es keine größeren Verletzungen.
WIR FÜHLTEN UNS UNSTERBLICH!

Es lag nun an uns, die Welt zu verbessern, zu revolutionieren, so nannten wir das.
Wenn nicht sogar sie von der bürgerlichen Dekadenz zu befreien.
Wir stellten nämlich fest, dass die Produktionsverhältnisse nur fortwährende Entfremdung produzierten.

Wir aber wollten Menschlichkeit, Solidarität und L-I-E-B-E
– Liebe!
Selbst wenn Menschlichkeit und Solidarität vergänglich wären, dachten wir, so würde es doch die Liebe immer und überall geben.
Ganz selbstverständlich.
Als wären wir immer und ewig begehrenswert.
Wir waren noch sehr jung.
Es gab keine Zweifel.
Auch wenn wir ständig über den Sinn von allem und jedem diskutierten.
Darüber zum Beispiel: Welchen Sinn hat Treue? Wir fanden das mit der Treue allesamt ziemlich spießig und doof und wollten unsere Gefühle nicht zurückhalten, sondern verschwenden.
Selbst wenn wir krank wurden vor Eifersucht, zugegeben hätte es niemand. Wir nahmen das Wort nicht einmal in den Mund.
LIEBE HATTE FÜR UNS NUR DEN EINEN SINN: SICH SELBST ZU FINDEN! UND DAS MUSSTE MAN EBEN ERFAHREN, MIT DEN UNTERSCHIEDLICHSTEN PARTNERN.
Denn so wie unsere Eltern wollten wir nicht enden. Bloß nicht!
In dieser Glasglocke des Spießertums.
Never ever!
Bloß nicht hinein in diese kapitalistische Mühle der Fünf-Tage-Woche und am Wochenende die scheinbare Freiheit beim Rasenmähen – oder beim Auto waschen – oder Vater bastelt im Hobbykeller, während Mutter oben die Wäsche macht.
Nein, nie!

Ich liebte damals, wie alle meine Freundinnen, auch mehrere Männer, natürlich meinen Freund zuallererst, dann aber schon gleich John Lennon, Mick Jagger, Cat Stevens und einen, der schon tot war: Theodor Wiesengrund Adorno, so hieß er.
Und wenn ich bei Karl Marx noch fünf Worte gebraucht hatte, um regelmäßig in die Schulungsgruppe zu gehen, so reichte bei Adorno nur ein einziges Wort, um bekennendes Mitglied seiner ›Frankfurter Schule‹ zu werden.
Dieses eine Wort hieß: Kulturindustrie.

»Genial!«, schrie ich emphatisch. »Welch eine Dialektik! Die Freiheit des Geistes als reproduzierbare Ware!!! Ja!« Ich war wie im Rausch.

Dieser Mann formulierte, was ich fühlte!
Und bald darauf entdeckte ich sein Meisterwerk und mein neues Gebetsbuch: die »Minima Moralia – Reflexionen aus einem beschädigten Leben«.
Halleluja! Darauf hatte ich gewartet, denn langsam begann ich zu begreifen, wie und warum mein Leben so unentrinnbar beschädigt war, denn:
»Es gibt kein richtiges Leben im falschen«, sagte er.
Wahnsinn! Das war zum Verrücktwerden richtig!!!
Ich schrieb den Satz an die Wand, direkt über mein Bett: *Es gibt kein richtiges Leben im falschen.* Er passte zu Cat Stevens und Moody Blues. Und gleich darunter meinen zweiten Lieblingssatz des göttlichen Denkers: »Geliebt wirst du einzig, wo du schwach dich zeigen darfst, ohne Stärke zu provozieren.«
Amen!

Ich liebte diesen Mann auf eine sehr intime Art, die für meinen Freund unerreichbar war, was ihm natürlich große Probleme machte.
Und obendrein nannte ich ihn auch noch ›Teddy‹ und meinen Freund, der von allen Jöko gerufen wurde, nannte ich Joachim, wie er eigentlich hieß, um die Ernsthaftigkeit unserer Beziehung zu unterstreichen.
Also, Teddy sagt, sagte ich und las aus diesem berühmten, weißen Buch vor:
»Überall besteht die bürgerliche Gesellschaft auf der Anstrengung des Willens; nur die Liebe soll unwillkürlich sein, reine Unmittelbarkeit des Gefühls.
In der Sehnsucht danach, die den Dispens von der Arbeit meint, transzendiert die bürgerliche Idee von Liebe die bürgerliche Gesellschaft.
Soll Liebe in der Gesellschaft eine bessere (Gesellschaft) vorstellen, so vermag sie es nicht als friedliche Enklave, sondern nur im bewussten Widerstand.«

Himmel! Das war besser als jedes Gebet!
Da spannte sich – vor Begeisterung – jeder Muskel in meinem Körper.
In nur drei Sätzen schaffte es dieses Genie, die Problemstellung, die Analyse *und* die Erkenntnis zu benennen.

Wenn Religion Opium fürs Volk war, dachte ich, dann ist Philosophie das reinste Aufputschmittel. Und ich sagte zu Joachim: »Siehste, ohne Widerstand geht nichts!«

Natürlich meinte ich damit nicht nur den Widerstand gegen die gesellschaftlichen Angriffe, ich meinte vor allem den Widerstand gegen die *erotischen* Angriffe meiner konkurrierenden Geschlechtsgenossinnen.
Und natürlich war das wieder mal eine dieser typischen Stellvertreterdiskussionen, um die eigenen Ängste nicht zugeben zu müssen. Obwohl Teddys Ausspruch: »Lieben heißt, Schwäche zu zeigen, ohne Stärke zu provozieren« sozusagen die theoretische Basis unserer Beziehung lieferte, sah die Praxis doch leider sehr viel komplizierter aus.
Der eigentliche Grund meiner Diskutierwut war der anstehende Wehrdienst von Joachim. Er sollte nach Idar-Oberstein! Über 500 Kilometer weit weg von mir, und das wollte ich nicht.
Na ja, aufstampfen wie damals als Fünfjährige ging ja nicht mehr – als Twen diskutierte man, also diskutierten wir über den Sinn der Wehrdienstverweigerung, stundenlang, tagelang, wochenlang.
Da sagte Joachim, sich auf der Matratze rekelnd, eigentlich sei er gar kein Pazifist, er würde ja jeden killen, der zum Beispiel sein Revox-Tonband klauen wollte oder mir an die Wäsche ginge, was also solle er vor Gericht aussagen?

Ich versuchte ihm den ›dialektischen Widerspruch‹ zu erklären und argumentierte mit schon heiserer Stimme, dass er doch nur Futter für die Despoten des Kalten Krieges wäre und dass deswegen – aus rein humanistischen, moralischen, ethischen Gründen – überhaupt nur Ersatzdienst in Frage käme, und zitierte wieder Teddy:
»Lieben heißt fähig sein, die Unmittelbarkeit sich nicht verkümmern zu lassen vom allgegenwärtigen Druck ... der Ökonomie, und in solcher Treue wird sie vermittelt in sich selber, hartnäckiger Gegendruck. Nur der liebt, wer die Kraft hat, an der Liebe festzuhalten.«!

»Das ist doch dialektischer Dünnschiss«, antworte Joachim, die Haare hinter die Ohren streifend, mit einer Rothhändle zwischen den dünnen langen Fingern. »Ich muss nix festhalten, es ist da, solange es da ist, Liebe hat eine eigene Freiheit, und die lässt sich

nicht politisieren – sag mir doch endlich, was du wirklich willst.«
Aber ich sagte es nicht. Ich hoffte, dass er es von sich aus wusste.
Ich sagte nicht, dass ich tief innen wirklich nur Angst hatte, Angst
davor, dass er mir verloren geht, und antwortete stattdessen mit
einem Satz von Rosa Luxemburg, den ich auf einem Flugblatt
irgendeiner K-Gruppe gelesen hatte: »›Freiheit ist immer auch die
Freiheit des Andersdenkenden‹. Viel Glück, Soldat!«

Doch es tat weh, sehr weh!
Und ich verzog mich in mein Zimmer und quälte den Rest der WG
tagelang mit Moody Blues in voller Lautstärke: I'm looking for someone to change my life, I'm looking for a miracle in my life ...
DANACH WURDE MIR KLAR, LIEBE HAT NICHT NUR NICHTS MIT
WAHRHEIT ODER FREIHEIT ZU TUN, SIE HAT SO GAR NICHTS
– WIRKLICH SO ÜBERHAUPT GANZ UND GAR NICHTS! – MIT DIALEKTIK ZU TUN!

Rasenmäh

Jahre später tauchten Berichte auf, dass Amalgam in den Zähnen Allergien auslöst und sogar Krebs erzeugt. Panisch ließ ich mir alle schwarzen, giftigen Füllungen durch weiße, gesunde ersetzen.
Ich war mittlerweile ein nahezu militanter Hypochonder geworden.
Jede Klippe, die meine Lebenszeit irgendwie beeinträchtigen oder gar verkürzen könnte, versuchte ich unverzüglich zu umschiffen.

Ich war Anfang dreißig und die Welt war immer noch so, wie sie war. Nichts hatte sich durch meinen politischen oder moralischen Widerstand verändert.
Zwar war der Wehrdienst reduziert worden und es gab auch einen ganz eindeutigen Verlierer im Kalten Krieg: Der Sozialismus hatte den Bankrott erklärt und aufgegeben, aber der Kapitalismus legte nun den Turbogang ein und startete in das Globalisierungszeitalter des Internets: Ende der Achtziger begann die verhängnisvolle Zeit der virtuellen Märkte und flüchtiger Bilanzen, der überbewerteten Technologieaktien und die Ära rücksichtsloser Spekulanten.
Aber mit all dem hatte ich nichts zu tun.
Und meine ehemaligen Mitbewohner noch weniger.
Denn so wirklich anders als unsere Eltern lebte nämlich keiner.
Viele hatten schon geheiratet und einen gemeinsamen Bausparvertrag. Sie versuchten den Mittelweg, den wir damals mit aller Vehemenz abgelehnt hatten, und zählten jetzt, zufrieden lächelnd, die Vorteile auf: ein Eigenheim, eine gesicherte Altersversorgung und Familienrabatt im Freibad, bei Neckermann und bei der Versicherung.

Ich besuchte sie ab und zu an den Wochenenden.
Ich war überrascht, wie blickdicht man Fenster gestalten konnte, Tüllgardine, Übergardine, Jalousie, Rollo, Gitterstäbe und von außen noch Fensterläden.
Wahnsinn, dachte ich mir, luftdicht verpackt wie in einer Tupperdose.

Er mähte den Rasen und sie sammelte den Abfall. Sie sahen sich weder an, noch sprachen sie miteinander. Alles sah so selbstverständlich aus, als hätten sie nie etwas anderes getan und als wollten sie auch nie etwas anderes tun.
Sie düngten und wässerten, zupften Unkraut, legten Beete an, lackierten den Jägerzaun, polierten die Briefkästen.
Und immer wieder wurde dieser Rasen gemäht – wie eine fixe Idee.
Wie eine Zwangshandlung, als eine Art Widerstand – natürlich anders als früher.
Eben angepasst, an die neuen Verhältnisse.
Quasi die Ideale auf heute transformiert:
Statt aus rostigen Schwertern mit größter Anstrengung nur läppische Flugscharen zu schmieden, hatten sie längst die altmodischen Dinger verschrottet und fuhren jetzt die edelsten Rasenmäher mit Katalysator und integriertem Staubnetz in der Auffangbox durch ihre Vorgärten.

Im wievielten Leben die wohl gerade sind, dachte ich und beneidete sie ein wenig, wusste aber nicht, warum.
Denn ich konnte Akkuratesse noch nie leiden, besonders keinen akkurat auf Streichholzlänge geschnittenen Rasen.
Er erinnerte mich immer an einen Komisskopf.

»Und, wie steht's mit dir?«, fragte Coco Drews, jetzt Frau Heiliger, die Hände in die Hüften gekeilt.
»Was meinst du?«, fragte ich zurück.
»Na ja, hast du auch'n Mann? Wie steht's mit Kindern?«

Tja, was erzählt man da, wenn einem so das satte Glück entgegenstrahlt.
Wie hätte ich ihr denn sagen sollen, dass ich gerade wieder mal abgehauen war, diesmal nach vier Jahren Beziehung, weil ich Angst hatte, Angst davor, dass er zuerst geht und ich dann so ende wie mein Einhornonkel, aber dass ich mich trotzdem nicht besser fühle, im Gegenteil, dass mir alles wehtut, wie rohes Fleisch.
Und das mit den Kindern, das war eine kindische Frage, wenn keine da sind, gibt es auch keine.
Ich konnte sie doch nicht annähen, damit die drinbleiben.

Nein. Ich erzählte ihr nichts von mir. Ich schämte mich vor ihrer gesunden Vollkommenheit.
Stattdessen fragte ich: »Habt ihr Bäume gepflanzt?«
»Ja, hinten!«, sagte sie.«Alles Obstbäume! Ist ja auch das Sicherste in schlechten Zeiten!«
»Auch einen Maulbeerbaum?«
»Einen was?«, prustete sie.
»Einen Maulbeerbaum«, wiederholte ich.
»Du träumst wohl!«, lachte Coco breit, »so was wächst doch hier nicht!«, und schrie quer über den Rasenmäherlärm zu Peter hinüber: »Stell dir mal vor, was die gerade gefragt hat: Ob wir einen Maulbeerbaum gepflanzt hätten!!!«
Aber Peter winkte fröhlich zurück und verschwand pfeifend auf seiner motorisierten Neuanschaffung mit Staubnetz hinter das Haus.
Und ich versuchte mir vorzustellen, was die beiden wohl machen würden, wenn die schlechten Zeiten im Winter kämen und das Obst noch nicht reif ist.

Wieder irgendwann später, nach dem dritten Kind von Coco und Peter, entdeckte ich bei einem Spaziergang in der ländlichen Idylle einen kleinen See mit einer Trauerweide direkt am Ufer.
Die dünnen Zweige bogen sich vom Scheitel weg, rundherum bis auf den Boden.
Ein leichter Wind bewegte das Ganze wie einen grünen Luftballon, der knapp über der Erde schwebt.
Es erinnerte sogar ein klein wenig an ein Ufo, das gleich abheben will.
Ich beeilte mich einzusteigen, bog die Zweige zur Seite und duckte mich hinein.
Aber der Baum war zu klein – oder ich schon zu groß für das Bild meiner Erinnerung, ich weiß es nicht, jedenfalls stieß ich mit der Stirn an den oberen Ast und riss mir die Augenbraue auf.
Trotzdem hockte ich mich hin.
Der Blick aus dem grünen Raumschiff war einfach zu schön.
Zwar glänzte der Himmel nicht kornblumenblau und das Wasser blinkte nicht wie Perlmutt, und es gab auch nichts gegen den Hunger, aber es gab wenigstens keine Bienen, und das Bild der Enten mit ihren wattebauschartigen Küken erzählte andere Geschichten. Und die luden ein zu bleiben. Also blieb ich!
Doch als ich mich schließlich richtig hinsetzen wollte, rutschten mir urplötzlich die Beine weg und ich plumpste, ohne mich auch nur im Geringsten kontrollieren zu können, rücklings in einen stinkenden Brei.
Es war unmöglich, da schnell wieder herauszukommen.
Der Griff in die Zweige zog nur den Baum zu mir herab, während ich immer weiter ins Wasser hineinglitschte.
Mir war, als wäre ich aus der Gravitation geschleudert. Und alles, was vor ein paar Sekunden noch schön war, war verschwunden.
Natürlich verzogen sich die Enten samt Anhang eifrigst aus meinem Blickfeld und das Grün hatte auch – schlagartig – jede Poesie verloren.
Ich klebte an einem Baum, der kein Ballon war und auch kein Ufo, sondern eine Trauerweide, und eine Trauerweide ist eben eine Trauerweide und nichts anderes als eine Trauerweide!
Als sich der Schreck etwas gelegt hatte, sah ich nun auch, warum ich derart abrupt das Gleichgewicht verloren hatte: Es gab keine

einzige trockene Stelle unter dem Baum. Der Boden war überzogen von einer Folie aus Entenscheiße!

Man kann tatsächlich immer nur ein vergangenes Stadium des Universums betrachten.
Man sieht die Zusammenhänge nicht, wenn man noch auf der Suche ist. Egal, unter welchem Baum man sitzt.
Da muss man erst begreifen, begreifen, was man sucht.
»Man sieht nur Leere, man sucht in allen Ecken und findet sich nicht«, beschreibt Kafka diesen Zustand.

Ich hatte das Ahmet-Gefühl wirklich lange vergessen.
Dieses unverbogene Glück, verstanden zu sein.
Erkannt zu sein.
Ohne Argwohn.
Ohne Verstellung.

Was auch immer dieses ›Liebe‹ sein mag, etwas Erlerntes, etwas Göttliches, eine Selbstverständlichkeit oder eine 39-jährige Mühsal, und wo immer es sich verstecken mag, ob da oben, in einem Köcher oder im »Nullpunkt aller Orte«, im Urgrund der Seele – ich weiß es nicht.
Vielleicht ist es ja alles zusammen und wächst an einem Maulbeerbaum oder versteckt sich in seinem Schatten in einer rostigen Dose mit einer Hand voll Wasser, zwischen ein paar winzig kleinen, silbrigen Fischen.
Auch Goethes Sechszeiler erklärt es nicht, aber beruhigt wie ein gutes Pralinee:

>Woher sind wir geboren?
>Aus Lieb'.
>Wie wären wir verloren?
>Ohn' Lieb'.
>Was hilft uns überwinden?
>Die Lieb'.

Und wenn ich wieder mal Hunger habe nach »schaumig geschlagener Milch mit Honig«, dann gehe ich zum Friseur, zu der Mensch gewordenen Hand Gottes. Ins Paradies der Wickler und Strähnchen, der Packungen und des Tratsches.

Zugegeben, eine neue Frisur macht zwar noch lange keinen Sommer, aber verdammt sonnige Gefühle!
Denn ab dem 40. Lebensjahr wirkt der regelmäßige Termin beim Stammfriseur wie eine therapeutischeSitzung gegen die attackenhaften Identitätskrisen der immer noch Sinn suchenden Single Frau. Ebenso unentbehrlich ist die weltbeste Liftingcreme, als straffender Haltegriff für die allmählich schrumpelig werdende Sehnsucht nach dem ewig *Einen*, der *endlich* alle anderen überflüssig macht, und natürlich braucht die selbstständige Frau dieses Jahrgangs einen Kleiderschrank voll sündhaft teurer Designerkleider für den kontrollierten Auftritt, s e l b s t v e r s t ä n d l i c h in der ultimativen Ich-AG-Farbe schwarz.

Ja, ab vierzig ändert sich so manches. Die Haare werden weißer und die Zähne gelber. Es ändern sich sogar ehemals unüberwindbare Ängste. Die Angst vor dem Bleiben zum Beispiel wird weniger, dafür wächst die Angst vor dem Anfang. Obwohl ich mich noch an fast jede Trennung erinnern kann, habe ich vergessen, wie man anfängt. Seltsam, nicht?
Und wenn das Vergessen noch größer zu werden droht, gehe ich in die Kneipe und frage die Leute, wie sie denn dieses Wort mit den fünf Buchstaben buchstabieren würden.
Neulich antwortete eine Kölner Kellnerin:
»Warte mal, lass misch mal überlegen, Liebelein«, und fächerte ihre Finger auf.

>Also:
>L wie Labamba,
>I wie Ischselbst,
>E wie Eierlikör,
>B wie Boogie-Woogie und
>E wie Elefantenhaut! – Willste noch'n Kölsch?!

Gewöhnlich endet so ein Kneipengang dann im entsetzlich verkaterten Morgen danach. Aber an diesem Abend wollte ich heiter bleiben und entschied mich früher zu gehen und ein Gedicht zu schreiben:

Ein idiotisches Gefühl,
sich zu lieben
wegen einer neuen Frisur.

Alle geköpft, denke ich,
bis auf die Knöchel.
Kein Haar fällt mehr zufällig,
ringelt sich wie Efeu
um einen Grabstein,
verwischt Nacken und Stirn.
Klar,
wie eine Statue!
Die,
die mich kennen,
staunen
und lächeln mir zu;
die, die mich nicht kennen,
wundern sich über die Anderen
und fallen fast hin.
Und ein paar Meter weiter
lächeln sie auch.

Endlich habe ich das Gesicht,
das ich im alten suchte.
Ein Gesicht,
das einen Anfang hat!
Nicht nur Mitte ist.
Und es gehört zu mir.
Mein Besitz.
Ja!

Ich bin schön
wie eine Geige.
Bin ein Lied,
das man hört.
Dem man wieder zuhört!
Ja!
Der dunkle Blick
verliert seine Schleier.
Ja!
Hat mich denn niemand vermisst?

Alle Spiegelbilder,
auch die von der Seite,
sind jetzt wieder ok,
wieder normal –
der Blick wie November,
verschwunden,
das Schweigen,
der klebrige Atem,
weg!

Ich bin groß, denke ich
und trinke mich
wie eine Liebessuppe,
bin mir gut
wie zu einem Kind;
bin nicht mehr schwarz-weiß:
die roten Lippen,
voll ausgemalt,
suchen Verschwendung.

Ich habe Hunger
nach neuen Worten,
nach neuen Namen:

Ein Gold liegt in der Luft!
Ein gigantischer Brocken Aquamarin!
Der Film war galaktisch!
Das Konzert intim!
Absenderlosigkeit!
Pneumatischer Trieb!

Ich sagte schon,
ein idiotisches Gefühl
– so ganz ohne Tod –
voll Licht,
Maulbeeren
und übermorgen.

Epilog

Ich bekenne:
Ich liebe die Poesie.
Ja!
In guten wie in schlechten Tagen,
bis hinein in die andere Zeit,
bin ausdauernd
wie ein durstiges Tier,
unbeirrbar,
den Himmel vor Augen.
Ja!
Denn ich *glaube* an sie:
An die Schriften
der Dichter
und Philosophen.

Bin eine Widerspenstige,
entschlossen
und ziemlich zäh,
verliebt in das
was uns vermehrt:
in den Geist
der Menschlichkeit
und den Klang
der Melodien,
bleibe eine Trotzige
hartnäckig
und fest überzeugt:
dass nur sie
uns erlösen wird!

Alles Leben wär'
bloß Biologie
ohne den Mythos der Schöpfung.
Alle Liebe
leer
ohne die Legende vom Happy End.
Aller Glaube
nichts
ohne die Erfindung von Gott.
Ohnmächtig
alle Sätze
ohne den Sinn ihrer Worte.

Kümmerlich
wär' der Alltag,
nur beschränktes Tun,
sich beugen der Praxis
wie ein Chamäleon,
dem Machbaren folgen
wie ein Opferlamm:
Dressierter Dauerlauf
hinter Animateuren.

Platt, roh und blind
wär' alles nur
eine Brut von Jasagern,
ohne Fragen
und Eigenschaften,
überflüssig
wie Untertassen,
ohne Tiefe
und Besonderheit.

Wäre da nicht
die Urwelt
alles Möglichen,
das innere Auge
der Fantasie,
die freie Sicht
ins Unwegsame,

durchs Gestrüpp
der Hieroglyphen.
Wäre da nicht
das Licht der Poesie!

Erst die Magie
ihrer Hinterwelten,
ihr Doppelblick
aus hier und dort,
versöhnt das Gestern
mit dem Heute,
die Träume
mit der Notwendigkeit.

Sie ist die Straße
ins Grenzenlose,
Planet
aller Kopfgeburten,
öffnet Fenster
ins Unsichtbare,
gibt Asyl
jedem Suchenden.

Sie ist der Schlüssel
in mein Zuhause,
zwischen
Schädeldecke,
Fleisch und Haut.
Sie ist mir Liebster,
Lehrer
Bodyguard und Gouvernante,
Arzt und Therapeut:

Sie hält mich im Dunkeln,
führt mich bei Trauer,
kennt den Hochmut
in der Pleite.
Und die Zweifel
am großen Glück,
weiß wie Frieden
machbar wäre
und Hunger
vermeidbar ist,
nennt die Mörder
mit dem Namen,
ist gerecht
gegenüber Rechtlosen.

Mit lyrischer Hellsicht
und weisen Dramen
beschützt sie
vor Verfall
und Depression.

Ich bekenne,
ich bin ihr treu ergeben,
leidenschaftlich sogar,
mit ganzer Seele,
allzeit bereit
den Bühnengeschöpfen,
mehr,
als ich es jemals war
irgendeinem
wirklichen Wesen.

III. Bolero

Wer bist du?

Einmal öffnete ich meine Hand,
da lag ein Herz in Fetzen.
Ich schloss meine Hand,
und sie wurde eine Faust.
Später öffnete ich wieder meine Hand,
da lag ein Satz und sprach:
Wer bist du?
Ich erschrak und wusch meine Hand.
Da schrie der Satz laut:
Wer bist du?
Ich schloss meine Hand,
und sie wurde eine Flamme.

Ein anderes Mal sprach ein Stein:
Ich bin ein Stein,
und habe eine Steinhaut, darunter ein Steinherz.
Ich kenne alle Steingefühle.
Ich bin ein Stein von einem Fels,
meinem Fels von einem Berg,
meinem Berg von einem Land,
meinem Land von einem Kontinent,
meinem Kontinent auf diesem Planeten,
meinem Planeten.

Und einmal werde ich ein Kiesel sein
und dann Sand,
und dann werde ich eine Sandhaut haben
und ein Sandherz,
und ich werde alle Sandgefühle kennen.
Und wer bist du?

Danach sprach das Wasser:
Ich bin das Wasser,
und ich habe Augen,
Wasseraugen,
und ich sehe den Himmel durch mich durch
in mich hinein
und weiß, was dahinter ist,
denn ich bin überall,
bin Himmel, bin Auge, bin Wasser.
Und wer bist du?

Dann grinste der Wind um die Ecke und sprach:
Ich bin der Wind,
und ich habe Hände,
und ich breche das Genick von Bäumen und
                                        Menschen,
wenn ich will
oder sitze in der Höhle und bin still.
Und wer bist du?

Auch die Horizonte fragten,
die Birken an der Kreuzung
und der Hund im Garten meines Nachbarn:
Wer bist du?

Und ich antwortete:
Mein Herz ist aus Wasser,
meine Augen aus Wind,
meine Gedanken sind Steine,
die ich gegen Horizonte werfe,
und ich bin ein Schnee,
der auf meine Spuren fällt.

Ich bin ich.

Und wer bist du?

Mein Problem

Man fragt mich immerzu nach
meiner Heimat,
aber *Heimat*
ist nicht mein Problem.
Meine Heimat sind die Tage,
an denen ich atme,
sehe und Worte finde,
fassen und laufen kann.
Ich habe ein Asyl bei Gott,
auf Lebenszeit!
so lautet der Vertrag.

Sie sehen,
›Heimat‹ ist nicht mein Problem
Mein Problem ist:
Ich habe kein ZUHAUS,
nicht die Sicherheit,
eine Lücke auszufüllen,
d a z u z u g e h ö r e n ,
so selbstverständlich
wie die Wurzeln an den Baum
oder das linke zum rechten Bein,
daran fehlt es mir,
an Verbündeten und Vertrauen,
eben an einem ZUHAUS.

Das ist kein Wohnsitz,
mit Klingel und Namensschild,
kein Mauerwerk gegen die Kälte,
keine bezahlte Unter-kunft,
ich werde immer unter-kommen,
außer mein Verstand kündigt mir –

nein,
mein Problem
ist nicht der Briefkasten an der Tür,
mein Problem
sind die Briefe in mir.

Wem schreibe ich,
wie gut mein Kind gelungen ist?
Wem, dass ich mich um sie sorge?
Wer denkt an ihren Geburtstag,
wenn ich nicht mehr bin?
Wer weiß noch von meinen Tränen,
als ich zur Schule ging?

Es mangelt mir an V e r w a n d t e n,
an Menschen, die mir ähnlich sind,
an Menschen, zu denen ich gehöre,
wie Finger an der Hand,
die mich vermissen,
wenn sie gemeinsam sind,
die mich brauchen,
wenn sie sich erinnern,
wenn sie feiern, wenn sie trauern.

Es gibt niemanden,
der mir an-gehört,
der sich mit mir teilt,
den Onkel, die Nichte,
einen Freund
oder die gemeinsame Geschichte.
Darin liegt mein Problem.
Wer stellt sich dazu,
wenn man mich abseilt
in die andere Welt,
wer lockert regelmäßig die Erde,
damit ich nicht zu schnell verwese,
wer pflanzt einen Maulbeerbaum,
redet mit meinen Resten,
wer bringt mir Musik,
die ich so liebe?

Wer vergisst die Fehler,
die falschen Nächte
und blättert stolz
in meiner Schwäche?

WER?
Und Wo?
Wo – werde ich liegen
und neben Wem?
Wissen sie,
Das –
das ist mein *wirkliches* Problem –
neben WEM?

Bolero

Da ist
dieser Tanz,
der wird ein Kreis,
dann eine Kugel,
rotgelb und grünblau,
dann
eine Blase
voll Versprechen,
dann
eine Lüge
und unsichtbar,
wie Musik im Kopf.

Da ist
eine Narbe,
ein blutiger Zaun,
er trennt den Tag
von meinem Traum,
er kennt den Weg
ins Fegefeuer:
da pocht ein Puls
in ewiger Dauer,
und fängt an
zu tanzen
wie mein Liebster
und dreht sich im Kreis,
sein Tritt ist fest,
der Klang vereist,
und die Schuhe
sind aus hartem Leder.

Zwischen tausend Augen
im Wasserbild,
ein Flussgott,
der Brüste frisst,
er ist ein Derwisch
in der Manege,
zaubert Wege
ohne Ziele,
Wolken ohne Wind,

er
schlägt die Trommel,
er
pfeift zum Tanz,
er
kennt den Rhythmus,
den Gesang,
er
dreht das Lasso,
zieht das Seil,
ein neues Spiel
und wieder von vorn,
er
wird eine Kugel
rotgelb und grünblau,
ein Schatten im Nebel,
ein lautloser Gang,
er
wird ein Luftzug,
ein farbloses Bild,
er
wird ein Ding
und ungewiss.

Er
kennt die Bühne,
kennt den Text,
mit Schild und Maske
zieht er ins Feld,
ein Schauspieler,
der von Liebe spricht,
er ist ein Bettler
mit Beutetrieb.

Er
greift sich dies,
er
greift sich das,
ein Angler im Staub
und nimmersatt,
er
will den Tanz
auf Frauenhaut
und
dreht den Reigen
wieder von vorn,
heute mal so
und morgen
ganz anders,
er ist
ohne Reue,
er ist
ohne Angst,
er
will nur weiter
nach außerhalb,
dreht das Roulette
wie Munition
wahllos
und ohne jeden Ton.

Da
schreit ein Echo,
ein endloser Hall,
ein blutiger Abfall
im lichtlosen Leib,
da
tropft eine Sonne
in kaltes Metall
verrinnt
zu Staub
im
Niemandsland –

da
reißt
der Himmel –
da
steht
der Regen –
da
bricht
der Mond –

da
ist ein Schnitt,
ein leerer Traum,
da
liegt Eine,
wie in Schnee
gehaun,
streut
Eisblumen
und Kinderlieder
auf
Gräber
ohne Namen –

doch mein Liebster
dreht sich weiter,
mit Fieber im Blick
und ohne Trauer,
sucht atemlos
den neuen Kick:
er
leckt die Lippen,
kämmt sein Haar,
löscht die Kerzen,
öffnet die Bar,
er
will Verschwendung,
ein neues Duell,
er
will die Lunge
und das Gehirn,
er
will die Tochter
und die Mutter,
er ist
maßlos
und gemein,
er ist
ein gieriger Faun –
er
wird eine Kugel,
rotgelb und grünblau,
er
wird ein Fisch,
ein saugendes Maul,
er wird eine Blase,
ein tintiges Gebet,
er
ist ohne Gott
und ohne Prophet,
er ist
ein Name
ohne Gesicht,
das letzte Lied,

das ewig spielt,
er ist
der Bolero,
den niemand hört,
nur ich,
mit mir,
nur ich,
in
meinem
Kopf.

Danke!

Der Philosoph Julius T. Fraser sagt: »Die Sprache ist unser wichtigstes Werkzeug, wenn wir neue Realitäten schaffen wollen, denn sie ist die einzige Waffe gegen die Vergänglichkeit. Nahrung erhält nur den Einzelnen, die Sprache jedoch sichert den Fortbestand der Gruppe.«
Und er hat Recht.
Denn mein Hunger nach Sprechen ist größer als der nach etwas zum Essen. Und ich wäre verhungert, hätten ganz bestimmte Menschen in den letzten Monaten nicht mit mir gesprochen.
Ich danke euch so sehr dafür: dir, HELMUT SOHNLE, für deine unermüdliche Bereitschaft zuzuhören und deine gut tuenden Ratschläge; dir, AXEL BEYER, wie du mit unglaublicher Geduld aus einem melancholischen Text einen unterhaltenden Theaterabend möglich gemacht hast; dir, SVENJA BEHRENS, wie du mit großer Herzlichkeit eine schöne Tour organisiert hast; dir, HAYDAR ZORLU, für deine Zeit; dir, WOLFGANG WEIMER, für die hervorragenden Fotos; dir, STEFAN GOROL, für deine jahrelange Unterstützung; Ihnen, lieber NIKOLAUS WOLTERS, für das Lektorat; dir, lieber GERHARD HAAG, für deinen Mut, das Programm als Erster auf die Bühne zu bringen; und Euch, meine lieben Barbarellas, insbesondere SABINE BUSS und HEIKE-MELBER FENDEL, für eure Sympathie und eure Promotionarbeit; schließlich gilt mein großer Dank meiner über alles geliebten Tochter AYSHE, weil sie nie aufhört, mit mir zu sprechen.

Renan Demirkan